AF591194

ANCIEN RECEVEUR

MEUBLES ANCIENS

TAPISSERIES

SCULPTURES, TABLEAUX

ET OBJETS D'ART

Vente aux enchères le lundi 27 juillet 1863

ET JOURS SUIVANTS

A ANGERS (MAINE ET LOIRE)

EXPOSITION PARTICULIÈRE

Le vendredi 24 juillet.

EXPOSITION PUBLIQUE

Les samedi 25 et dimanche 26 juillet.

Me MARIE, Commissaire-Priseur, à Angers.

CE CATALOGUE SE TROUVE

A ANGERS.
- Chez M. MARIE, commissaire-priseur.
- Chez MM. COSNIER et LACHÈSE, imprimeurs-libraires.
- A la Caisse de la recette générale.

A PARIS.
- Chez Me Ch. PILLET, commissaire-priseur, r. de Choiseul, 11.
- Aux bureaux du *Moniteur des Arts*, rue St-Georges, 13.
- A l'hôtel des ventes mobilières, rue Drouot, 5.

PRIX : 1 FRANC

Angers, Imp. Cosnier et Lachèse.

CATALOGUE

DES COLLECTIONS

DE M. V....

ancien receveur général de Maine et Loire, à Angers.

CE CATALOGUE SE TROUVE :

A ANGERS. Chez M. Marie, commissaire-priseur.
Chez MM. Cosnier et Lachèse, imprimeurs-libraires.
A la Caisse de la recette générale.

A PARIS. Chez Me Ch. Pillet, commissre-priseur, r. de Choiseul, 11.
Aux bureaux du *Moniteur des Arts*, rue St-Georges, 43.
A l'hôtel des ventes mobilières, rue Drouot, 5.

PRIX : 1 FRANC

CATALOGUE
DESCRIPTIF
DES COLLECTIONS
DE M. V.....
ANCIEN RECEVEUR GÉNÉRAL DE MAINE ET LOIRE

MOBILIER ARTISTIQUE

Meubles anciens, Objets d'art, Bronzes,

SCULPTURES

ET RICHE GALERIE DE TABLEAUX ANCIENS

VENTE

A ANGERS (MAINE ET LOIRE), HOTEL DE LA RECETTE GÉNÉRALE

Le lundi 27 juillet 1863, et jours suivants, à midi,

Par le ministère de Mᵉ AUGUSTE MARIE, *commissaire-priseur,*
à Angers, rue de la Préfecture, n° 25,

CHEZ LEQUEL SE DISTRIBUE LE CATALOGUE

ANGERS
IMPRIMERIE DE COSNIER ET LACHÈSE
Chaussée Saint-Pierre, 13

1863

EXPOSITIONS

HOTEL DE LA RECETTE GÉNÉRALE, A ANGERS.

PARTICULIÈRE

Sur permis d'entrer délivré par le Commissaire-Priseur,

Le vendredi 24 juillet, de une à quatre heures de l'après midi.

PUBLIQUE

Avec cartes remises par le Commissaire-Priseur, dans le but d'éviter l'encombrement,

Les samedi 25 et dimanche 26 juillet avant-veille et veille de la vente, de une à quatre heures de l'après midi.

AVIS ESSENTIEL

Tout ce qui n'est pas mobilier artistique ou objet d'art, fera l'objet d'une vente spéciale, qui commencera après l'épuisement des numéros du catalogue, c'est-à-dire le *Lundi 3 Août, à midi, ancien hôtel du Comptoir commercial,* place du Petit-Champ-de-Mars, à Angers.

Plusieurs belles et bonnes voitures de Erlher et une magnifique sellerie seront vendues le premier jour.

Les suivants seront consacrés à la vente de nombreux objets de ménage ou de service, et des mobiliers à tous usages, que comporte un hôtel richement meublé.

Leur désignation n'entrant pas dans le plan de notre travail et pour éclairer les acquéreurs, il y aura exposition publique au lieu indiqué, chaque jour de vente, de 10 heures du matin à midi.

Les voitures et les harnais seront exposés dans le même local, le dimanche 2 août, de midi à 3 heures.

ORDRE DE LA VENTE.

Du lundi 27 au 29 juillet :

A midi, 44 numéros de la 2e partie.

A 3 heures 41 numéros de la 1re partie.

Le jeudi 30 juillet et jours suivants :

A midi, les objets compris dans la 3e partie, dans leur ordre d'inscription autant que possible.

CONDITIONS :

Elle sera faite au comptant entre les mains du commissaire-priseur chargé de la vente ; les acquéreurs paieront cinq centimes par franc en sus des prix d'adjudication.

Une collection aussi importante que celle décrite dans ce catalogue, n'a pas besoin d'être recommandée par l'avertissement élogieux et souvent trompeur, de circonstance.

Le goût éclairé et le haut sentiment de l'homme qui sut se placer à la tête du mouvement artistique d'une grande cité, garantissent l'intérêt qui doit s'attacher à sa vente.

Des raisons de santé et le besoin de recourir par les voyages à une température plus clémente, ont déterminé le propriétaire de tant de belles choses, sagement recueillies, à les livrer au hasard des enchères. Ce parti adopté recevra sa complète exécution ; rien de distrait, rien d'ajouté ne détruira la rare harmonie de l'ensemble.

Chargé de la rédaction de ce catalogue, nous ne nous sommes pas dissimulé la lourde responsabilité de la tâche ; mais aidé des renseignements puisés dans les visites de hauts connaisseurs, des appréciations du colonel Bourgeois, et d'une expertise des tableaux, faite antérieurement par

M. George, ancien commissaire expert du Musée du Louvre, nous nous sommes mis à l'œuvre.

La rapidité que le temps nous a imposée pour ce travail, expliquera les négligences et les omissions qui pourraient exister, mais nous espérons que les descriptions consciencieuses et les attributions réservées, seront ratifiées par le jugement d'un public éclairé.

Le commissaire-priseur chargé de la vente,

MARIE.

CATALOGUE

DES COLLECTIONS

DE M. V....

ancien receveur général de Maine et Loire, à Angers.

PREMIÈRE PARTIE.

Mobilier artistique ou de style, par appartements.

I. VESTIBULE.

1 — Deux colonnes unies en marbre rouge des Pyrénées, support en marbre vert.

Haut. 2m,70. Diam. 0m,27.

2 — Trois superbes bois de cerf avec les massacres.

Haut. 1m.

3 — Trois bras de cheminée à six bougies, en cuivre ciselé et doré, fournis par Feuchère.

4 — Trois porte-lumière, composés chacun de trois trompes de chasse, réunies sur un cartouche composé de feuillage et de rubans; bronze ciselé et doré.

Modèle aussi original que riche.

Haut. 0m,80.

5 — Une suspension de lampe d'escalier à trois branches, avec une lampe et une forte chaine à mailles de 3 m. 50 de longueur, le tout en cuivre doré, style flamand.

6 — Un baromètre à cadran ; riche monture Louis XV en bois sculpté et doré ; attributs de musique enlacés par deux guirlandes de chêne et couronnés par deux colombes.

Haut. 1m,30. Larg. 0m,63.

7 — Une pendule de Boule grand modèle, avec socle riche ; ornée de figures et de cuivres finement ciselés et dorés.

Haut. 1m,27.

8 — Une grande glace avec splendide bordure en bois, coins de fort relief et très beau fronton à personnages, cornes d'abondance et autres ornements sculptés et dorés.

Long. 1m,80. Larg. 1m,45. Haut. du fronton 0m,80.

9 — Douze chaises style Louis XIII, en chêne tourné torse, rosaces et frontons sculptés, couvertes en velours rouge.

10 — Une table Louis XIII, en noyer, avec colonnes torses, traverses, supports et pendentifs à doubles filets.

Long. 1m,21. Larg. 0m,67.

11 — Une belle et ancienne table Louis XIII, en noyer, ornée de frises sculptées, têtes d'anges à deux angles, quatre pieds, trois supports et trois traverses à colonnes torses avec filets et deux forts pendentifs. Sur cette table on a ajouté une étagère du style du meuble.

Long. 1m,12. Larg. 0m,74.

12 — Une table à manger en noyer, à six pieds torses, avec rallonges pour 28 couverts ; style Louis XIII.

Long. 2m. Larg. 1m,40.

13 — Un grand buffet à deux corps, en chêne sculpté, époque du XVIe siècle.

Quatre panneaux avec figures de face, entourés d'ornements et semblables deux à deux, forment les portes du bas, ils sont séparés par des pilastres, représentant saint Pierre, saint Jean et saint Paul ; trois panneaux offrant des têtes de face, au centre de riches cartouches entourés de bordures sculptées, forment les portes du haut. Ce curieux meuble, flanqué aux deux extrémités de cariatides, est orné en outre de trois frises riches et variées.

Long. 2^{m},25. Haut. 2^{m}.

14 — Une armoire Louis XIII, à quatre portes formées de petits panneaux, moulures des frises et des pilastres sculptées, et surmontée d'un fronton.

Haut. 2^{m},60. Larg. 1^{m},60.

II. SALON LOUIS XIII.

15 — Une grande cheminée en chêne sculpté, remontant à l'époque de Henri IV, avec la date XVCIV.

Des deux côtés de puissantes cariatides supportent une frise à doubles moulures dont l'intérieur présente deux têtes d'anges reliées par des arabesques à deux aigles aux ailes déployées, un cartouche au centre. Deux niches, supportées par des consoles d'un grand caractère, reposent sur les cariatides ; un riche entablement à doubles moulures et arabesques régnant dans la frise couronne le tout.

A la partie supérieure et au centre, on remarque une toile de Giordano, Dalila coupant les cheveux de Samson, qu'elle présente à trois Philistins. (L. 1^{m},70. H. 1^{m},60.)

Ce magnifique ensemble, où domine le sentiment religieux, peut-être unique, comme cheminée de galerie ou de château, est aussi remarquable par la grandeur de sa conception que par sa belle exécution et sa parfaite conservation.

Haut. 3^{m},80. Larg. 3^{m}.

16 — Deux forts bras de cheminée, forme recourbée et à six bougies, cuivre ciselé et doré, beau modèle, fournis par Feuchère.

Long. 0m,40. Haut. 0m,30.

17 — Un grand lustre à six branches et à trente bougies, en cuivre ciselé et doré, suspendu par une forte chaîne de même genre, beau modèle, fourni par Feuchère.

Haut. et diam. 1m,15.

18 — Quatre fortes colonnes torses en chêne, enlacées par des guirlandes de feuillage, surmontées de chapiteaux corinthiens, époque du XVIe siècle.

Haut. 2m,80. Diam. 0m,35.

19 — Une table de l'époque de Louis XIII, marquetée, à fleurs et feuillages avec enroulements, de bois de couleur sur fond d'ébène, supportée par quatre pieds torses, en bois noir, reliés par un X contourné. Un filet découpé, ivoire et ébène, entoure le dessus de cette table et le lien des pieds.

Long. 1m,18. Larg. 1m,68.

20 — Une table à manger à rallonges pour 28 couverts, style Louis XIII, en chêne, avec frises et moulures sculptées, supportée par six pieds avec traverses à X, double torse.

Cette table est recouverte d'un tapis spécial, en tapisserie à l'aiguille, d'un beau dessin.

21 — Une grande crédence en bois sculpté, du commencement du XVIe siècle.

Quatre fortes cariatides, les bras appuyés sur la tête, supportent une frise avec deux tiroirs; la tablette supérieure repose sur quatre autres cariatides, composées chacune de quatre personnages debout, flanqués aux angles de piliers carrés. Deux grands panneaux d'une seule pièce, ornés de figures enlacées dans des cartouches forment le fond des deux parties; le socle et les deux frises, présentent des moulures ornementées.

Ce meuble d'une belle ordonnance, provient du château

de K ... (Morbihan) et offre un curieux spécimen du commencement de la renaissance dans la vieille Armorique.

Long. 2^{m}. Haut. 1^{m},70.

22 — Une armoire à deux corps en bois de noyer, du XVIe siècle.

Les deux panneaux du bas sont ornés de deux élégants cartouches, entourant un ovale au centre duquel deux figures de femmes debout et avec attributs. Les deux panneaux du haut, flanqués aux angles de deux syrènes, formant cariatides dégagées, présentent une ornementation analogue avec figures; un fronton d'un beau style, personnages et attributs, couronne ce curieux meuble.

Haut. 2^{m},30. Larg. 1^{m},15.

23 — Une armoire à deux corps avec fronton en bois de noyer de l'époque de Louis XIII.

Les deux panneaux du bas présentent deux chevaliers à cheval et armés; ceux du haut Bacchus et Cérès debout dans deux niches entourées d'élégants cartouches; deux frises riches et deux cariatides, deux têtes de bélier, et deux têtes d'anges, complètent l'ornementation de ce remarquable meuble, très-finement exécuté dans toutes ses parties.

Haut. 2^{m},40. Larg. 1^{m},20.

24 — Une armoire en noyer à deux corps et à quatre parties, du commencement du XVIIe siècle.

Les quatre panneaux de face et les deux de côté, sont ornés d'attributs et encadrés de frises de feuillages. La frise du milieu et celle du haut présentent des personnages et des enroulements de feuillages; les angles et le milieu des deux corps, sont flanqués de colonnes sculptées et canelées, portant des têtes variées dans la hauteur des frises.

Ce meuble, remarquable par son style et la finesse de la sculpture, est dans un parfait état de conservation.

Haut. 2^{m},10. Larg. 1^{m},60.

25 — Un canapé à huit pieds, et six fauteuils, Louis XIII, en bois noir, patins et bras des acotoirs dorés ainsi que les

bouquets qui surmontent les traverses des pieds, le tout recouvert en anciennes tapisseries dissemblables, laine et soie, brodées à l'aiguille.

26 — Huit fauteuils Louis XIII, en noyer tourné en torse, avec têtes de lions à l'extrémité des bras, recouverts en fines et riches tapisseries, laine et soie, brodées à l'aiguille.

27 — Un lambrequin en tapisserie, de l'époque de François Ier, très-fine et d'un joli dessin; au centre un personnage assis, aux deux extrémités deux oiseaux, ailes déployées, supportent de brillants bouquets disposés en guirlande. Objet rare, et en bel état.

Long. 2m,10. Haut. 0m,40.

28 — Deux panneaux en anciennes tapisseries d'Aubusson, ornées de personnages, belle conservation.

Haut. 2m,40. Larg. 1m,50.

29 — Cinq panneaux en anciennes tapisseries de Beauvais, ornées de personnages. Trois représentent des épisodes tirés de Télémaque, une Esther et Assuérus et la dernière deux femmes supportant des guirlandes de fleurs. Conservation remarquable.

Haut. 2m,40. Larg., une 2m,20, les autres, 1m,10.

30 — Trois garnitures de croisées composées chacune de deux bonnes grâces, reliées par un lambrequin d'une seule pièce de 8m 50 de long, en tapisserie avec petit point, soie et laine d'un beau dessin et d'un remarquable brillant; travail des dames de Saint-Cyr sous Louis XIV. Conservation parfaite.

Haut. 3m,80.

III. GRAND ET PETIT SALONS LOUIS XIV.

31 — Quatre grands bras de cheminée à trois bougies, époque de Louis XV, en cuivre doré au feu, avec fleurs, feuillages et nœuds de rubans.

Haut. 0m,80.

32 — Quatre autres bras de cheminée en bronze, style Louis XV, chacun à cinq bougies, semblables et exécutés par Feuchère.

33 — Un grand et ancien lustre de l'époque de Louis XV, en cuivre doré au feu, à douze bougies avec anciens cristaux taillés.

Haut. 1m,30. Larg. 0m,80.

34 — Un grand lustre style Louis XV, en bronze doré et porcelaine vieux Japon, à trente bougies.

35 — Une pendule de l'époque de Louis XV, en bronze doré au feu.

Le mouvement de la pendule repose sur un taureau en bronze, au sommet et des deux côtés de la base trois statuettes de jeunes femmes soutiennent une guirlande de fleurs.

Haut. 0m,55.

36 — Une autre pendule Louis XV, style rocaille, surmontée d'un animal chimérique attaquant un cygne, et reposant sur une console du même genre, ornée d'un enfant assis ; le tout en cuivre finement ciselé et doré.

Objet remarquable dans le style rocaille.

Haut. 0m,60.

37 — Une ancienne glace de Venise de la plus grande richesse, avec bordure dorée en bois sculpté à jour ; fronton comportant trois personnages et attributs ; deux guirlandes de fleurs retombent de chaque côté.

Haut. 1m,65. Larg. 1m,10.

38 — Une grande glace, bordure riche Louis XV, contournée, en bois sculpté et doré avec fronton et guirlandes de fleurs et de fruits.

Haut. 2m,80. Larg. 1m,50.

39 — Une autre glace avec bordure riche Louis XV à roseau, en bois sculpté et doré, surmontée d'une attique de SARAZIN, représentant des animaux à l'abreuvoir près d'une ferme ; la bordure de l'attique s'enlace avec celle de la glace.

Glace et attique : Haut. 2m,75. Larg. 1m20.

40 — Une autre grande glace de même genre.

Haut. 2m,50. Larg. 1m,50.

41 — Une autre glace de la même époque, bordure à roseau.

Haut. 2m,20. Larg. 1m,20.

42 — Une autre glace de la même époque, avec fronton et bordure en glaces, partie recouverte de bois sculpté et doré.

Haut. 1m,72. Larg. 1m,05.

43 — Trois panneaux anciens en bois sculpté et doré, formant jardinière.

44 — Deux torchères en bois sculpté et doré, d'un bon style, travail italien du XVIIe siècle ; les socles ont été ajoutés et comportent des attributs sculptés par DAVID père.

Haut. 1m,50.

45 — Une table rectangulaire, du commencement de Louis XV en bois richement sculpté et doré.

Long. 1m,30. Larg. 0m,65.

46 — Une grande et magnifique console de l'époque de Louis XV supportée par quatre pieds, en bois sculpté, richement ornementée et dorée ; dessus de l'époque, en marbre vert, moulure bien profilée.

Long. 1m,50. Larg. 0m,62.

47 — Une riche console de la même époque, en bois sculpté et doré, marbre du temps.

48 — Une autre console de la même époque, ornée de guirlandes et de bouquets de fleurs en bois doré, dessus en marbre ancien.

49 — Une autre console également de la même époque et de même genre, marbre ancien.

50 — Un écran Louis XV en bois doré, garni d'une riche et très-fine tapisserie de Beauvais, d'après BOUCHER; très-bel état de conservation.

51 — Un autre écran en bois peint, blanc et or, orné d'une fine tapisserie de Beauvais, de l'époque de Louis XV.

52 — Une chaise longue, Louis XV, en bois doré, couverte en tapisserie des GOBELINS de l'époque.

53 — Un grand canapé, Louis XV, à deux bras, deux canapés gondole, et six fauteuils de même style, couverts en ancienne tapisserie de BEAUVAIS, dessin à fleurs sur fond vert d'eau. Très-bel état de conservation.

54 — Un canapé et six fauteuils de la même époque, forme dite crapaud, en bois doré, garnis en ancien damas de Chine vert d'eau.

55 — Quatre fauteuils, également de la même époque, peints en blanc avec filets d'or, couverts en tapisseries au petit point, dessins variés.

56 — Quatre panneaux en tapisseries de BEAUVAIS, servant de portières, époque de Louis XV.

Ces panneaux de la plus grande richesse de dessin et de couleur, dans un superbe état de conservation, et les plus beaux que l'on connaisse, offrent au centre les attributs de la musique, de la danse, de la chasse et de la pêche; la partie inférieure est occupée par des animaux en rapport avec les attributs, une fraîche bordure de fleurs et de guirlandes entoure le tout. Les cartons des animaux ont été peints par OUDRY, les fleurs sont dues à un autre artiste contemporain.

Haut. 2m,50. Larg. 1m,50.

57 — Cinq garnitures de croisées, composées chacune de deux bonnes grâces, avec lambrequins en damas ancien de Chine, vert d'eau, rideau en mousseline brodée et accessoires.

IV. GALERIE DE TABLEAUX.

58 — Une cheminée du commencement du XVIe siècle en chêne sculpté, composée de deux pilastres avec chapiteaux, de sept petits panneaux à sujets et de corniches ornées.

Le foyer est garni en fonte avec coquille et plaque en cuivre.

Haut. 1m,70. Larg. 1m,67.

59 — Deux suspensions de lampes à trois branches en bronze doré, style Louis XIII, fournies par Feuchère.

A chacune des branches s'adapte un groupe de quatre bougies. Deux lampes de même style, munies de leurs pieds, font partie de ces suspensions.

60 — Une pendule de Boule avec socle en marqueterie très-fine, cuivre et écaille, riches cuivres dorés. Conservation remarquable.

Haut. 1m. Larg. 0m,35.

m's Vélcartel. 61 — Deux magnifiques cariatides en gaine, bois sculpté. 710.

Quatre pieds en volutes, bustes d'Hercule, portant un chapiteau; ses attributs sur la face antérieure; côtés ornés d'écailles, beau travail du XVIIe siècle.

Haut. 1m,52.

62 — Une grande table, Louis XIII, en bois de noyer à pieds et traverses tournés, embases et pourtours sculptés.

63 — Deux petits canapés, Louis XIII, pieds tournés, bras courbés, avec extrémités et embases sculptés, couverts en anciennes tapisseries à l'aiguille.

64 — Un très-grand fauteuil, Louis XIII, en bois tourné, bras et siége couverts en tapisseries à l'aiguille, avec franges.

65 — Un fauteuil, de la même époque, pieds et traverses tournés torses, bras courbés et sculptés, couverts en anciennes tapisseries à l'aiguille.

66 — Trois lambrequins de croisées, découpés, en belles et anciennes tapisseries à l'aiguille.

V. CABINET DE TRAVAIL.

67 — Un beau et grand lustre de Venise à huit bougies en verre taillé, commencement du XVIIe siècle.

Haut. 1m,40. Diam. 0m,90.

68 — Une grande glace, bordure Louis XV, en bois sculpté et doré, contournée dans le haut et ornée d'une coquille et de deux chimères dégagées.

Haut. 1m,80. Larg. 1m,10.

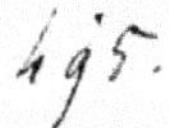

69 — Un très-beau cabinet en ébène, travail italien du XVIe siècle, avec support à six pieds.

Ce remarquable meuble est orné à l'extérieur de moulures guillochées et d'ornements sculptés; les deux faces intérieures des portes, présentent la même disposition que l'extérieur, sur fond d'écaille. Il comporte en outre dix-sept tiroirs plaqués en écaille avec moulures, marqueterie variée à l'intérieur pour chacun d'eux; poignées et ferrures dorées au feu.

Parfaite conservation.

Haut. 1m,65. Larg. 1m,17. Prof. 0m,51.

70 — Une table financière à quatre faces, ou bureau de l'époque de Louis XV, en bois de rose avec riches ornements en cuivre doré.

Une des plus belles pièces comme style et comme conservation que l'on puisse rencontrer.

Long. 1m,65. Larg. 0m,83.

71 — Deux bibliothèques de l'époque de Louis XV en bois de rose à deux portes vitrées et superposées ; ferrures de l'époque.

Haut. 2m,37. Larg. 0m,90.

72 — Un grand fauteuil, Louis XV, manchettes en maroquin, bois finement sculpté peint blanc et or, fond et dossier en rotin.

73 — Un grand canapé et quatre fauteuils, Louis XV, peints blanc et or, couverts en tapisserie à l'aiguille, avec bouquets de fleurs sur fond de soie jaune pâle.

74 — Un canapé-bergère à coins arrondis et rentrants, et quatre fauteuils, Louis XV, peints blanc et or, avec un grand coussin et deux oreillers en plume, le tout couvert en magnifique soierie ancienne, fond bleu, broché jaune d'or.

75 — UN MAGNIFIQUE PANNEAU en tapisserie des Gobelins, époque de Louis XV, représentant le retour de la pêche de Teniers, composition de plus de trente personnages.

Pièce capitale d'une fraîcheur et d'une conservation rare.

Long. 4m. Haut. 2m,50.

VI. CHAMBRE LOUIS XIII,

au premier étage.

76 — Une cheminée, Louis XIII, en chêne sculpté.

Deux élégantes cariatides supportent une frise d'arabesques, sur laquelle repose un couronnement de moulures avec une forte gorge, le tout entièrement sculpté.

Au-dessus de cette belle cheminée et entre deux guirlandes retombantes en chêne sculpté de haut relief, existe un panneau en vieille tapisserie, deux anges à genoux devant l'agneau divin sur l'autel.

Haut. 2m,50. Larg. 1m,95.

77 — Un coffre à bois du XVIe siècle, avec trois panneaux sculptés, ornés de têtes en ronde bosse et recouvert en ancienne tapisserie à l'aiguille.

Long. 1m,20. Larg. 0m,58.

78 — Une table de l'époque de François Ier en bois de noyer, avec rallonges à soulèvement, supportée par neuf pieds ronds, posés sur traverses en croix, avec frises, consoles sculptées et pendentifs, dessus recouvert en velours rouge.

Long. 1m,44, ou 2m,88, avec rallonges. Larg. 0m,75.

79 — Un superbe coffre renaissance en noyer, entièrement et finement sculpté, sur la face et sur les côtés. Au centre du panneau principal, Jupiter dans un ovale soutenu par deux satyres entourés d'ornements divers; cariatides aux angles. Belle conservation.

Haut. 1m,05. Long. 1m,57. Larg. 0m,75.

80 — Un petit meuble renaissance en noyer, à deux portes avec son support à colonnes cannelées et frises à tiroirs, sculptés. Des cartouches avec têtes fantastiques, décorent les quatre panneaux de la partie supérieure.

Haut. 1m,45. Larg. 1m,05.

81 — Un lit en chêne à 4 colonnes torses, style Louis XIII.

Les pans, le dossier et la corniche du ciel sont couverts de sculptures; le dossier, le fond du ciel et les pentes sont en anciennes tapisseries à l'aiguille; quatre rideaux en damas de laine grenat, une courtepointe en même étoffe, avec trois bandes de velours noir semées de bouquets en anciennes broderies de soie complètent ce beau lit.

La garniture intérieure pourra y être jointe au gré des acquéreurs.

82 — Un grand canapé, Louis XIII, en bois de noyer tourné torse, bras contournés et sculptés, couvert en belle et ancienne tapisserie à l'aiguille.

83 — Un très-grand fauteuil de la même époque en noyer tourné, avec manchettes, couvert en ancienne tapisserie à l'aiguille.

84 — Deux grands fauteuils en bois de noyer, avec pieds, traverses et bras contournés, couverts en ancienne tapisserie à l'aiguille, même époque.

85 — Deux chaises, également de la même époque, traverses avec pieds et torses, couvertes en ancienne tapisserie à l'aiguille.

86 — Deux autres chaises de même genre, couverture en tapisserie à l'aiguille.

87 — Huit panneaux en tapisseries de Flandre du XVIe siècle.

Ces tapisseries, à personnages nombreux et animaux sur fonds de paysages, d'une fine exécution et d'une brillante couleur, sont dans un remarquable état de conservation.

Haut. $2^{m},60$, déploiement des 8 morceaux, 9^{m}.

VII. CHAMBRE LOUIS XIII,

au deuxième étage.

88 — Une très-belle glace Louis XIII biseautée, bordures et frontons en glace avec riches ornements et attributs en bois sculpté et doré.

Haut. $1^{m},75$. Larg. $0^{m},95$.

89 — Glace ovale biseautée, avec splendide bordure de guirlandes de chêne et de moulures en bois sculpté et doré, époque de Louis XIV.

Larg. 1m,10. Haut. 0m,90.

90 — Une pendule dite religieuse, entourée d'incrustations en cuivre et écaille, posée sur une tête d'ange, formant console, époque de Louis XIII.

91 — Un grand cabinet de l'époque de Henri IV, en ébène, très-finement gravé sur toutes faces, avec moulures guillochées. Ce meuble, garni d'une grande quantité de tiroirs avec cachettes à doubles portes, est supporté par huit pieds tournés, avec frise et tiroirs.

Superbe état de conservation.

Haut. 1m,83. Larg. 1m,52.

92 — Un meuble en chêne sculpté, à une seule porte et à tiroir.

Un magnifique panneau, très-finement fouillé et de l'époque de Louis XIV, forme la porte ; une frise de feuillages orne le tiroir, et deux belles cariatides flanquent les angles.

Haut. 1m,33. Larg. 1m,15.

93 — Une armoire en bois de noyer, à deux corps et quatre portes, avec fronton surmonté d'une vierge en bois portant l'enfant Jésus, époque de Louis XIII.

Ce meuble est orné de colonnes cannelées, de consoles, de têtes d'anges et de quatre panneaux sculptés.

Haut. 2m,50. Larg. 1m,20.

94 — Une table Louis XIII, en bois de noyer, pieds, traverses et supports torses, trois pendentifs tournés.

Long. 1m,20. Larg. 0m,65.

95 — Une table ronde en noyer, à abbattants, pieds et traverses torses, époque de Louis XIII.

Diam. 1m,10.

96 — Un petit guéridon en noyer tourné, pied torse, même époque.

97 — Une étagère en bois de noyer, à quatre tablettes, montants tournés torses, et ornée de sculptures ; fond en velours rouge, style Louis XIII.

98 — Un grand lit Louis XIII, avec ciel, fond et courte-pointe en soierie de Flandre brochée rouge et jaune ; pentes et bonnes grâces en vieux point de Hongrie, laine et soie, doublées en damas de soie rouge ; rideaux entourant entièrement le lit en damas grenat en laine, et surtout pour la courte-pointe en vieille guipure.

Ce beau lit, qui provient de la famille Dupetit-Thouars, comprend une très bonne garniture intérieure.

99 — Un prie-Dieu en bois, richement sculpté sur toutes faces et garni en velours. Travail italien du commencement du XVIIe siècle.

100 — Un canapé Louis XIII, en bois de noyer, tourné avec embases sculptées et bras contournés et sculptés, couvert en ancienne tapisserie à l'aiguille.

101 — Un très-grand fauteuil de la même époque, pieds et traverses torses, couvert en tapisseries anciennes avec personnages brodés au petit point.

102 — Un grand fauteuil du même temps, traverses et bras contournés, couvert en tapisserie à l'aiguille.

103 — Six chaises Louis XIII, pieds et traverses torses, siéges et dossiers couverts en tapisseries à l'aiguille anciennes et variées ; trois sont brodées au petit point.

104 — Une chauffeuse, de la même époque, en bois de noyer, tourné avec traverses découpées, couverte en tapisserie à l'aiguille.

105 — Un grand tabouret du même temps, en noyer, tourné, couvert en tapisserie brodée à l'aiguille.

106 — Quatre panneaux en anciennes tapisseries de Flandre du XVIIe siècle, représentant des épisodes de l'histoire de don Quichotte avec bordures du même tissu.

Ces tapisseries, bien conservées, peuvent se réunir ou se diviser pour former d'autres combinaisons.

Long. 11m. Haut. 2m,90.

VIII. CHAMBRE LOUIS XV,

au deuxième étage.

107 — Une belle glace, Louis XV, bordure contournée avec fronton en bois sculpté, doré à neuf.

Haut. 1m,90. Larg. 1m,20.

108 — Une commode, du même temps, à deux tiroirs en bois des îles, marquetée à fleurs sur la face et sur les côtés, cuivres dorés, dessus en marbre.

Long. 1m,10. Larg. 0m,90.

109 — Un secrétaire à abattant en bois de rose, orné de cuivres dorés, même époque.

110 — Une table de toilette en bois de rose, également de la même époque.

111 — Un meuble, en bois de rose, style Louis XVI, coins arrondis avec tablettes circulaires, milieu vitré, et ornements en cuivre.

Le dessus forme console.

Long. 1m,56. Haut. 1m.

112 — Un grand guéridon en bois noir, laqué et doré, décors Chinois à personnages.

Diam. 0m,71.

113 — Un grand lit Louis XV, peint blanc et bleu, dossiers et

pan du fond rembourrés et couverts en anciennes tapisseries en soie brodée à l'aiguille.

Une courte pointe en même tapisserie recouvre une excellente garniture de lit.

114 — Une causeuse, de la même époque, peinture blanc et bleu, couverte en tapisserie de BEAUVAIS, fond brique, avec fleurs et deux grands médaillons ovales à personnages et animaux.

115 — Un canapé gondole et quatre fauteuils, également de la même époque, peinture blanc et bleu, couverts en tapisseries anciennes de même fabrique et à médaillons, de personnages et d'animaux.

116 — Quatre très-beaux panneaux en tapisserie de BEAUVAIS de la même époque, d'un beau dessin et d'une grande richesse de couleurs.

Ces tapisseries offrent six médaillons ovales, représentant des scènes pastorales; des guirlandes de fleurs et des attributs riches complètent les panneaux.

Haut. de deux panneaux 2m,80. Larg. 4m,70 et 1m,40. Haut. des deux autres 1m75. Larg. 1m,35.

IX. CHAMBRE POMPADOUR,

au deuxième étage.

117 — Deux petits bras de cheminée rocaille Louis XV, en cuivre, à deux porte-bougies dorés, ornements de feuillages peints en vert, ornés de nombreuses fleurs en porcelaine de Saxe.

Haut. 0m,30. Larg. 0m,25.

118 — Deux glaces Pompadour avec bordures, coins et frontons anciens en bois sculpté, peints blanc et bleu, fleurs et ornements rechampis.

Haut. 1m,22. Larg. 0m,75.

119 — Une petite commode Louis XV, en bois de rose et palissandre à trois tiroirs en deux étages, avec cuivres riches, ciselés et dorés.

Long. 1m,10. Larg. 0m,55.

120 — Une petite armoire, à deux portes, style Louis XV, en bois de rose et en palissandre.

Haut. 1m,40. Larg. 0m,82.

121 — Une petite table à ouvrage, Louis XV, en bois de rose, transformée en table de nuit.

122 — Un lit, style Louis XV. peint blanc et bleu, fleurs rechampies, dossiers garnis en toile perse à fleurs et rubans, courtepointe, rideaux, portières et deux garnitures de croisées en même tissu.

Ce lit d'un beau style est pourvu d'un très-bon intérieur.

123 — Une chaise longue, une causeuse et six fauteuils, Louis XV, d'un charmant modèle, peints blanc et bleu, fleurs rechampies, couverts en même toile perse.

DEUXIÈME PARTIE.

Objets détachés.

I. CHENETS, FLAMBEAUX, &.

124 — Deux chenets, Louis XIII, en cuivre ciselé et doré, authentiques de l'époque.

Haut. 0m,67.

125 — Deux autres chenets de la même époque, en cuivre ciselé et doré, avec têtes d'anges et d'une ornementation remarquable.

Haut. 0m,48.

126 — Deux chenets Louis XV rocaille, en cuivre doré.

Haut. 0m,45.

127 — Deux autres chenets de même style en cuivre doré.

Haut. 0m,40.

128 — Une galerie de cheminée en bronze doré, ornée de personnages ; style Louis XV.

129 — Une paire de chenets, Louis XVI, en cuivre doré.

Haut. 0m,38.

130 — Deux petits bras de cheminée à une bougie, en cuivre doré, style Louis XIII.

131 — Quatre grands et beaux bras de cheminée, Louis XV, à trois branches, l'un doré, les autres vernis.

Haut. 0m,40. Larg. 0m,37.

132 — Deux candélabres à trois bougies de l'époque de Louis XIII, en cuivre finement ciselé et doré au feu.

Haut. 0m,27.

133 — Deux petits candélabres, Louis XV, à deux bougies, en cuivre ciselé et doré au feu, ornés d'oiseaux et de fleurs en porcelaine de Sèvres, bleu grand feu, rehaussé d'or.

Haut. 0m,25.

134 — Quatre candélabres de la même époque, à quatre bougies chacun, en cuivre ciselé et doré.

135 — Deux candélabres à cinq bougies, style Louis XV, en bronze doré au feu, montés sur deux vases en porcelaine, bleu grand feu.

Haut. 0m,65.

136 — Deux candélabres riches à six bougies, en bronze finement ciselé et fortement dorés au feu.

Le modèle de ces candélabres a été fait par Feuchère, pour le duc d'Orléans et n'existe pas dans le commerce.

Haut. 0m,70.

137 — Deux petits flambeaux à deux branches, époque de Louis XIII, en cuivre ciselé et doré.

Haut. 0m,18.

138 — Deux autres petits flambeaux à deux bougies, même époque, en cuivre doré.

139 — Deux petits flambeaux Louis XIII en cuivre ciselé et doré.

140 — Quatre autres flambeaux de même genre.

141 — Deux grands flambeaux à trois branches, époque de Louis XV, en cuivre doré, forme contournée.

Haut. 0m,48.

142 — Deux flambeaux, Louis XV, en cuivre doré au feu, également contournés.

Haut. 0m,27.

143 — Deux autres flambeaux, même genre, même époque.

Haut. 0m,27.

144 — Deux petits flambeaux Louis XV, à deux branches, en cuivre doré.

Haut. 0m,15.

145 — Deux flambeaux Louis XV en cuivre doré.

146 — Quatre flambeaux de la fin de Louis XVI, en bronze ciselé et doré au feu; les pieds sont formés par des serres d'aigles.

II. GLACES ET MIROIRS.

147 — Une glace de l'époque de Henri IV, verre biseauté, belle bordure en ébène avec fines gravures et moulures guillochées et dorées.

Haut. 0m,73. Larg. 0m,62.

148 — Une petite glace de la même époque, verre biseauté, belle bordure en ébène ornée de gravures et de moulures guillochées.

Haut. 0m,52. Larg. 0m,46.

149 — Une autre glace, également de la même époque et du même genre, bordure unie.

Haut. 0m,65. Larg. 0m,55.

150 — Une glace biseautée, bordure Louis XV en bois; coins et fronton sculptés et dorés.

Haut. 1m,25. Larg. 0m,85.

151 — Un miroir de toilette Louis XV, forme contournée et à pieds.

Haut. 0m,82. Larg. 0m,62.

III. MEUBLES DIVERS

152 — Un meuble à support en bois de noyer sculpté, époque de François Ier.

La base se compose de quatre pieds fouillés portant une frise décorée d'oves de fort relief; les deux panneaux des portes de la partie supérieure offrent des cartouches avec mascarons. Pilastres et côtés, ainsi que toutes les moulures, entièrement sculptés.

Haut. 1m,15. Larg. 1m,10. Prof. 0m,50.

153 — Une armoire Louis XIII, à quatre portes et deux tiroirs, pilastres, frises, et fronton finement sculptés; les portes sont à petits panneaux, rosaces au milieu.

Haut. 2m,25. Larg. 1m,33.

154 — Une table de l'époque de Louis XIII, à quatre pieds, trois traverses, et deux supports tournés double torse et trois pendentifs tournés.

Long. 1m,30. Larg. 0m,67.

155 — Un joli guéridon de la même époque en bois de noyer, base sculptée, pied torse également sculpté avec courant de vigne.

156 — Une étagère à cinq tablettes supportée par six colonnes torses, style Louis XIII.

Haut. 1m,80. Larg. 1m,20.

157 — Deux dessus de portes cintrés, en chêne sculpté, de l'époque de Louis XIV, offrant un fort bouquet de fleurs dans un vase Médicis, et deux syrènes soutenant des guirlandes.

Long. 1m,60. Haut. 0m,73.

158 — Un casier, dessus de bureau Louis XV, en bois de rose, forme contournée, avec cuivres dorés.

Larg. 0m,78. Haut. 1m,00

159 — Une table de toilette, formant table à jeu à volonté, en marqueterie de bois des îles et ornements en cuivre doré, époque de Louis XV.

160 — Une table de toilette de la même époque, en bois de rose avec filets et encadrements.

161 — Une autre toilette de la même époque et de même genre.

162 — Un bénitier en bois doré et sculpté; style Florentin du XVIIe siècle.

Haut. 0m,55.

163 — Deux petites consoles en chêne, portées par des têtes d'anges; époque de Louis XIII.

Haut. 0^m,27. Larg. 0^m,34.

164 — Une petite console d'applique en bois finement sculpté et doré, travail italien de l'époque de Louis XIV.

Haut. et Larg. 0^m,35.

165 — Une élégante petite console de la même époque, en bois sculpté et doré.

Haut. 0^m,40. Larg. 0^m,37.

166 — Une autre petite console ancienne en bois doré.

Larg. 0,27. Haut. 0^m,29.

167 — Une autre petite console d'une seule pièce, également sculptée et dorée, travail plus simple et plus récent.

Haut. et larg. 0^m,25.

168 — Deux petites consoles à pieds, style Louis XV, en bois doré, dessus en marbres blancs.

Larg. 0^m,49. Haut. 0^m,90.

169 — Un grand paravent Louis XV, à quatre feuilles, avec traverses en bois sculpté, couvert en tapisserie brodée à l'aiguille; fleurs bleues, sur fond blanc.

Haut. 1^m,67. Larg. de chaque feuille, 0^m,66.

170 — Une jardinière Louis XVI en bois sculpté et doré.

IV. SIÉGES.

171 — Un lit de repos en bois tourné, style Louis XIII, avec siége et dossier recouverts en velours rouge.

172 — Un ancien fauteuil Louis XIII, en noyer tourné, couvert en ancienne tapisserie à l'aiguille.

173 — Deux fauteuils de la même époque, en bois de noyer, tournés torses; deux statuettes forment les supports des bras, garnis l'un en velours rouge, l'autre en tapisserie à l'aiguille.

174 — Deux chaises également de la même époque, en bois noir, traverses à facettes, couvertes en anciennes tapisseries.

175 — Un grand fauteuil de l'époque de Louis XIV, en bois doré, recouvert en ancienne tapisserie brodée à l'aiguille.

176 — Un autre grand fauteuil de la même époque, également en bois doré, couvert en velours rouge.

177 — Un tabouret de la même époque, en bois sculpté et doré, couvert en ancienne tapisserie d'Aubusson.

178 — Un splendide meuble, Louis XV, composé d'un grand canapé et de six grands fauteuils sculptés et dorés, couverts en tapisserie des GOBELINS; siéges du canapé, une chasse; des fauteuils, sujets tirés des fables de Lafontaine; les dossiers reproduisent des jeux d'amours et des bergeries.

179 — Un grand canapé et six fauteuils Louis XV, peints blanc et bleu, couverts en tapisseries des GOBELINS, à médaillons sur fond grenat; les siéges reproduisent les fables de Lafontaine, les dossiers des jeux d'amours.

180 — Un petit canapé et cinq fauteuils de la même époque, peints blanc et vert, fleurs rechampies, couverts en anciennes tapisseries à l'aiguille, bandes grenat, guirlandes et courants de fleurs,

181 — Un très grand canapé, devant cintré et deux fauteuils même époque, peints blanc et bleu, fleurs rechampies, couverts en tapisseries à fleurs, brodées à l'aiguille.

Il manque à l'un des fauteuils, la couverture du siége.

182 — Un canapé et deux fauteuils de même genre, couverts en belle et ancienne tapisserie à fleurs, brodée à l'aiguille.

183 — Un grand canapé Louis XV, peint blanc et bleu, couvert en ancienne tapisserie de BEAUVAIS, à sujets, une chasse au cerf et une danse villageoise.

184 — Une très-grande chaise longue, même époque, en trois pièces, peinte en gris, couverte en riche étoffe de soie du temps.

185 — Une autre chaise longue de même genre, en trois pièces, peinte blanc et bleu, fleurs rechampies, couverte en perse.

186 — Deux grands fauteuils, Louis XV, peints blanc et vert, fleurs rechampies, couverts en belle et ancienne tapisserie à fleurs avec bordures, brodée à l'aiguille.

187 — Deux autres grands fauteuils de même genre, peints blanc et brun, fleurs rechampies, couverts en tapisserie à l'aiguille.

188 — Deux petits fauteuils, Louis XV, peints blanc et vert, fleurs rechampies, couverts en tapisserie à l'aiguille.

189 — Deux autres fauteuils de même genre, même peinture, couverture analogue.

190 — Un grand fauteuil, Louis XV, peint blanc et brun, coucouvert en tapisserie à l'aiguille, fond jaune.

191 — Un grand fauteuil confortable, style Louis XV, couvert en damas de soie rouge.

192 — Un très-grand fauteuil confortable, même style, capitoné et couvert en perse.

193 — Six chaises, Louis XV, peintes blanc et vert, fleurs rechampies, couvertes en tapisseries de BEAUVAIS à médaillons de personnages et d'animaux.

194 — Douze chaises, même époque, dossiers à médaillons, peintes blanc avec filets d'or, fonds et dossiers en rotin.

V. TAPISSERIES.

195 — Un petit panneau de tapisserie des GOBELINS, époque de Louis XV, représentant le Christ en croix et une sainte femme agenouillée, monture en bois doré.

Haut. 0m,85. Larg. 0m,52.

196 — Un grand et magnifique panneau en tapisserie de BEAUVAIS dessiné par Watteau, avec la marque A. C. C. BEAUVAIS. précédée d'une fleur de lys.

Scène champêtre dans le goût de l'époque, sur fond de paysage; au centre on remarque le portrait de Lekain en costume d'Hospodar valaque, entouré de familiers, portraits contemporains; à gauche une jeune fille grecque joue de la guzla, attributs de chasse à ses pieds; un esclave asiatique, entouré de fruits, prépare le café et le narguilhé; sur la droite, une barque chargée de personnages.

Cette tapisserie, remarquable par la richesse et la variété des costumes, est dans un très-bel état; acquise à la suite de la révolution de 1848, on s'explique qu'elle ait pu sortir du garde-meuble de la couronne.

Long. 6m,10. Haut. 3m,70.

197 — Quatre grands panneaux d'appartement en anciennes tapisseries de BEAUVAIS. Le centre de chacun d'eux est occupé par un médaillon ovale, genre BOUCHER, sujets galants et champêtres, entourés de guirlandes et de bouquets de fleurs. Belle conservation.

Haut. 2m,80. Larg., deux par deux, 2m,05 et 1m,80.

198 — Un panneau de tapisserie de BEAUVAIS, époque de Louis XV, scènes galantes dans un paysage, avec bordures; belle conservation.

Ce panneau est doublé et peut servir de portière.

Haut. 2m,40. Larg. 1m,90.

199 — Un tapis d'Aubusson, très-fin, riche dessin à fleurs, style Louis XV.

Long. 3m,50. Larg. 2m,50.

200 — Soixante-un mètres de brocatelle jaune d'or de l'époque de Louis XIV ; bon état de conservation.

VI. PORCELAINES.

201 — Un encrier formé par un groupe chinois de deux personnages à têtes branlantes, ancienne porcelaine. Une tête rapportée et une main brisée.

Haut. 0m,25. Larg. 0m,22.

202 — Un rare et magnifique guéridon en vieille porcelaine du Japon, décors riches, ancienne monture Louis XV en cuivre ciselé et fortement doré au feu.

Diam. 0m,58. Haut. 0m,82.

203 — Une grosse potiche en vieille porcelaine du Japon, décor bleu à fleurs.

Haut. 0m,57. Diam. 0m,50.

204 — Une potiche avec couvercle et bouton en porcelaine, vieux Japon. La panse est divisée en quatre compartiments richement décorés de fleurs.

Haut. 0m,68.

205 — Une potiche, couvercle à bouton uni, même porcelaine, décors fleurs et or.

Haut. 0m,50.

206 — Deux potiches à huit pans avec couvercle et boutons également à pans, bizarres et riches décors, même porcelaine.

Haut. 0m,80.

207 — Deux grandes potiches couvercles à boutons, en vieux Japon, décors mandarins et fleurs.

Un couvercle raccommodé.

Haut. 0m,70.

208 — Deux potiches avec couvercles et boutons à chimères, même porcelaine, décors à fleurs.

Haut. 0m,50.

209 — Deux potiches avec couvercles, même porcelaine, montures à anses, style Louis XV, en bronze doré au feu.

Haut. 0m,40.

210 — Trois potiches avec couvercles à boutons en vieux Japon, décors bleu à fleurs.

Haut. 0m,52.

211 — Trois potiches avec couvercles, en même porcelaine, décors fleurs et or.

Haut. 0m,50.

212 — Une jardinière en vieille porcelaine du Japon, forme hexagonale, décors à fleurs et oiseaux.

Larg. 0m,35. Haut. 0m,21.

213 — Deux jardinières en même porcelaine, forme octogonale, fins décors à fleurs.

Larg. 0m,35. Haut. 0m,20.

214 — Deux grands cornets en porcelaine vieux Japon, décors fleurs et or, avec montures en cuivre ciselé et doré.

Haut. 0m,55.

215 — Deux autres cornets en vieux Japon bleu, décors à fleurs; l'un raccommodé.

Haut. 0m,47.

216 — Deux autres cornets en même porcelaine, décors fleurs et or.

Haut. 0m,43.

217 — Une coupe ovale en vieille porcelaine de Chine, décors de fleurs et d'oiseaux, monture style Louis XV, à quatre pieds et deux anses, en cuivre ciselé et doré.

Long. 0m,45. Larg. 0m,26.

218 — Deux grands plats en ancienne porcelaine du Japon, riches décors, fleurs et or ; l'un d'eux raccommodé.

Diam. 0m,55.

219 — Deux autres plats du même genre.

Diam. 0m,40.

220 — Vingt-six assiettes en vieille porcelaine de Chine, bouquets de roses au centre, bordures de fleurs.

221 — Seize assiettes en même porcelaine, semées de fleurs au fond, bordure à dessins sur fond violet rose, rehaussé d'or.

222 — Neuf assiettes en même porcelaine, décors à fleurs.

223 — Vingt-huit assiettes en porcelaine de Chine et du Japon, décors variés.

224 — Treize assiettes en porcelaine de Chine, décors à fleurs sur fond brun.

225 — Quatre coquilles, deux sucriers ovales, avec plateau et sept assiettes en porcelaine de Sèvres, de l'époque de Louis XV ; pâte tendre avec la marque.

226 — Trente-neuf grandes assiettes en porcelaine de Sèvres avec la marque : *Château de Fontainebleau* et le chiffre de Louis-Philippe, entourées d'une riche ornementation d'arabesques, de fleurs et d'animaux.

227 — Douze assiettes en même porcelaine, avec les mêmes marques, bordure de fleurs et d'oiseaux, rehaussées d'or.

228 — Onze autres assiettes en même porcelaine, avec la

marque : *Château de Compiègne*, bordure gris perle, et ornements dorés.

Quatorze pieds style Louis XV, modèle de Feuchère en bronze doré et huit plateaux en cristal taillé, ont été spécialement disposés, pour les assiettes désignées aux trois numéros qui précèdent.

229 — Un groupe de trois chiens en vieille porcelaine de Saxe, très-fine et avec la marque.

Haut. et larg. 0m,20.

230 — Une corbeille ovale, en porcelaine de Saxe, époque de Louis XV, découpée et ornée de fleurs, de feuillages avec entourage doré.

Cette remarquable pièce est enrichie d'une grande quantité de fines fleurs en relief, au centre des deux côtés de faces, deux cartouches avec chiffre enlacé, surmonté d'une couronne; deux branches contournées et dorées forment les deux anses et les quatre pieds.

231 — Une autre corbeille ovale en même porcelaine et de la même époque. Les deux anses, les quatre pieds et l'ensemble sont ornés de fleurs peintes et en relief.

232 — Deux corbeilles à jour, forme ovale en vieux Saxe, avec fleurs en relief, et supports à pieds en bronze doré, style Louis XV.

233 — Deux autres corbeilles ovales, à anses, semées de fleurs, avec filets verts; ancienne porcelaine d'Allemagne, monture à pieds en cuivre ciselé et doré, style Louis XV.

234 — Un solitaire avec plateau en porcelaine de Saxe époque de Louis XV, finement décoré de fleurs.

235 — Un plateau en porcelaine dite à la reine, forme contournée, monture en cuivre doré.

Long. 0m,28. Larg. 0m,24.

236 — Deux vases à panses avec couvercles en porcelaine bleu grand feu, montés avec pieds, anses, guirlandes et ornements en cuivre ciselé et doré, style Louis XV.

Haut. 0m,50.

237 — Un service à dessert, en porcelaine richement décorée à fleurs, style Louis XV, imitation de Sèvres, composé de deux grands compotiers, quatre moyens, deux grands guéridons, deux moyens, deux corbeilles à jour, deux sucriers ovales et soixante-dix assiettes.

VII. OBJETS DIVERS.

238 — Un grand vase étrusque, forme évasée, à pied et anses, orné de peintures.

Haut. et diam. 0m,35.

239 — Une grosse bouteille à anse; la panse est décorée de trois médaillons d'empereurs romains et d'attributs, avec un mascaron au goulot. Grès brun de Flandre du XVIe siècle.

Haut. 0m,30. Diam. 0m,25.

240 — Tête de Midas; bronze bysantin autrefois émaillé. Objet curieux et authentique.

Long. 0m,27.

241 — Deux fragments de tryptique, en cuivre émaillé; ancien travail Russe.

242 — Un pot cylindrique avec anse et couvercle en argent massif repoussé et ciselé. Travail flamand de la première moitié du XVIIe siècle.

La base et la partie inférieure du couvercle sont ornées d'une frise de feuillage, le corps du vase est divisé en trois cartouches ciselés et dorés dont le centre est occupé par trois sujets gravés, représentant la Foi, l'Espérance et la Charité.

Haut. 0m,18.

243 — Une panoplie d'armes et d'armures anciennes, la plupart gravées et niellées, composée de : un bouclier, deux hausse-cols, un casque, une masse et une hache d'armes.

244 — Un poignard, style du XVe siècle.

245 — Un couteau de chasse allemand, ornements de la poignée et du fourreau en acier ciselé ; XVIe siècle.

246 — Un sabre turc, ancienne lame en damas, fourreau en chagrin avec garniture en argent.

247 — Un couvercle de râpe à tabac, ivoire sculpté ; sujet principal Junon.

248 — Deux manches de couteau, en ivoire sculpté, statuettes d'enfants portant des grappes de raisin ; travail du XVIIe siècle.

249 — Un vase en marbre blanc, couvercle à bouton ; les anses sont formées par quatre branches réunies deux à deux, la panse est couverte de feuilles de lierre et autres feuillages sculptés ; le pied et le goulot présentent des cannelures ; époque de Louis XVI.

Haut. 0m,45.

250 — Une console en marbre blanc d'Italie, côtés sculptés à volutes avec cannelures et panneaux, posés sur socles en marbre noir, tablette supérieure en marbre blanc.

Haut. 0m,90. Long. 0m,98. Larg. 0m,43.

251 — Une pendule en bronze, ornements dorés, surmontée de la statuette de Marie de Médicis, dont l'original en argent existe au Louvre.

Haut. 0m,75.

252 — Une coupe, Louis XV, en bronze doré au feu ; deux figures de femme, reposant sur une base contournée, supportent une grande coquille, aux deux faces principales sont adaptées deux coquilles plus petites.

Haut. 0m,30. Larg. 0m,37.

253 — Une coupe en cuivre, finement ciselée et dorée au feu, base triangulaire, pieds à griffes, style grec de l'Empire.

254 — Un surtout de table, en trois pièces, forme contournée, cuivre ciselé et doré au feu, époque de Louis XV.

255 — Un autre surtout de table en deux pièces, forme arrondie, cuivre ciselé et doré au feu.

TROISIÈME PARTIE.

Sculptures, Tableaux et Livres.

I. SCULPTURES.

256 — Deux lutteurs d'après l'antique, ancien bronze florentin, posé sur socle hexagone en bois noir avec frise et ornements dorés.

Ce groupe remarquable a été adjugé en 1779 à la vente de l'abbé de Juvigny, 340 livres.

Long. 0m,33. Haut. 0m,22.

257 — La Vierge et l'enfant Jésus, bronze florentin du XVIe siècle.

Haut. 0m,63.

258 — Tête d'homme barbue, la tête ceinte d'un turban; buste en bronze, sur piedouche en bois noir.

Haut. 0m,15.

259 — Saint Jean à genoux, présente la croix que contemple l'enfant Jésus; groupe original en marbre blanc, XVIIe siècle.

Cette œuvre remarquable faisait partie des collections

royales, avant la révolution ; il fut dans le temps acheté à Versailles, par le père du propriétaire actuel.

Haut. 1m,00.

260 — L'enfant Jésus couché et endormi sur les attributs de la passion, statuette en marbre blanc de la fin du XVIIe siècle.

Long. 0m,55.

261 — Réduction de l'Antinoüs, statuette en marbre blanc, d'une belle exécution, posée sur une colonne brisée en bois, peinte en marbre gris.

Haut. 0m,77.

262 — Vénus Callipige, statuette en marbre blanc, réduction de l'antique, travail italien, socle semblable au précédent.

Haut. 0m,67.

263 — Enfant portant des fleurs, assis sur un rocher, une élégante draperie rejetée derrière lui.

Très-belle et élégante statuette en marbre blanc, sur socle du même morceau, avec incrustations en marbre de couleur; travail italien du XVIIe siècle.

Haut. 0m,50. Larg. 0m,35.

264 — Trois médaillons ovales de ronde bosse en marbre blanc, appliqués sur marbre de couleur, représentant deux têtes d'hommes et une tête de femme. Travail italien de l'époque de Louis XIV.

Ces médaillons proviennent du château de Richelieu.

Haut. 0m,45. Larg. 0m,30.

265 — Cérès et Tryptolème, bas-relief en marbre blanc. Travail italien moderne.

Long. 0m,44. Haut. 0m,33.

266 — La Vierge au croissant, statuette italienne du XVIIe siècle, en bois doré.

Haut. 0m,62.

267 — CLODION. Groupe en terre cuite, un enfant portant des fleurs, assis sur un tigre couché.

Long. 0m,30. Haut. 25.

II. TABLEAUX.

BEGEIN (Abraham).

Hollande, 1650, mort vers 1700.

268 — Paysage, effet de soleil couchant; passage d'un gué, un homme à cheval suivi d'une femme portant une corbeille de fruits sur sa tête, conduit un troupeau au pâturage.

Ce tableau, que l'on pourrait donner à Berghem, a été reconnu par les sommités de l'expertise parisienne, digne de tenir un rang distingué dans les plus importantes galeries.

Bordure en bois sculpté et doré.

Toile. Long. $0^m,68$. Haut. $0^m,64$.

BLOEMEN (Jean-François Van), dit Orisfonte.

Anvers, 1656, Rome 1740.

269 — Bestiaux rentrant à la ferme; sur le premier plan un homme précédé et suivi de vaches et de moutons, conduit un cheval dont le bât est chargé; un peu plus loin, un personnage monté sur un âne.

Bordure en bois sculpté et doré.

Toile. Long. $0^m,54$. Larg. $0^m,40$.

BOILLY (Louis-Léopold).

La Bassée (Nord) 1761, mort vers 1830.

270 — La visite rendue et les malheurs de l'amour; deux charmants tableaux, où l'on retrouve toute la verve, la finesse et la légèreté de pinceau propres au maître.

Ces deux toiles sont gravées et forme pendants.

Bordure en bois sculpté et doré.

Toile. Long. $0^m,55$. Haut. $0^m,45$.

BOL (Ferdinand).

Elève de Rembrandt, 1611-1681.

271 — Jeune garçon vu de face, coiffé d'un béret, joue avec des bulles de savon.

Cette peinture, d'une belle exécution, rappelle bien le style de Rembrand.

Bordure Louis XIV en bois sculpté et doré.

Toile. Haut. 0m,53. Larg. 0m,43.

BOUCHER (François).

Elève de Lemoine. Paris, 1704-1770.

272 — Le jugement de Pâris ; composition de cinq personnages, sur fond de paysage; Pâris est couché un chien à ses pieds.

Tableau d'une authenticité incontestable, grassement peint et de l'époque la plus recherchée du maître.

Bordure dorée avec coins et milieu ornés.

Toile. Haut. 1m,08. Larg. 0m,86.

BOUCHER.

273 — Enfant tenant un oiseau sur son doigt.

Cadre ovale en bois doré.

Toile. Haut. 0m,43. Larg. 0m,36.

BOUCHER (Attribué à).

274 — Quatre remarquables attiques, représentant des scènes champêtres et pastorales ; peintures anciennes d'un beau style et en bel état.

Bordures richement contournées en bois sculpté et doré, époque de Louis XV.

Toile. Larg. 1m,50. Haut. 1m,00.

BOUCHER (Ecole de).

275 — Deux attiques ; scènes galantes et pastorales.

Bordures Louis XV, contournées et dorées.

Toile. Haut. et larg. $1^m,00$.

BOUCHER (Ecole de).

276 — Deux attiques ; l'un Bacchus et une bacchante ; l'autre, une scène pastorale, fonds de paysages.

Bordures Louis XV sculptées, peintes bleu et blanc, fleurs rechampies.

Toile. Haut. $0^m,88$. Larg. $0^m,70$.

BOUCHER (Ecole de).

277 — Groupe champêtre ; personnages et animaux sur fond de paysages, ancienne peinture.

Bordure contournée en bois sculpté et doré.

Toile. Long. $1^m,80$. Haut. $0^m,95$.

BOUCHER (Ecole de).

278 — Le nid d'amours ; bordure dorée.

Toile. Larg. $0^m,41$. Haut. $0^m,30$.

BOUCHER (Genre de).

279 — Quatre attiques anciens, d'une exécution fine et délicate ; jeux d'amours entourés de guirlandes de fleurs.

Bordures Louis XV, à baguettes sculptées et dorées.

Toile. Long. $1^m,40$. Haut. $0^m,60$.

BOUCHER (Genre de).

280 — Vénus couchée au bord d'une cascade et entourée de fleurs, présente une guirlande à l'Amour.

Très-belle bordure contournée de l'époque de Louis XV, ancienne dorure.

Toile. Long. $1^m,52$. Haut. $0^m,90$.

BOUCHER (Genre de).

281 — Un attique camaïeu; quatre enfants sur la mer, portés par des Dauphins; celui du milieu joue de la lyre, les autres l'écoutent.

Ancienne peinture et d'un bel aspect. Derrière le chassis, une mention en écriture du temps, indique que ce panneau provient du château de *Compiègne*.

Bordure Louis XV, contournée et dorée.

Toile. Long. $1^m,50$. Haut. 1^m.

BOUCHER (Genre de).

282 — Un génie instruisant deux enfants à genoux, camaïeu bleu.

Riche cadre ovale de l'époque de Louis XV, avec un nœud de rubans, ancienne dorure.

Toile. Larg. $0^m,70$. Haut. $0^m,60$.

BOTH (Jean) dit d'Italie (Attribué à).

Elève de Bloemaert, 1610-1650.

283 — Deux paysages avec ruines; rivière et grands arbres au premier plan; effets de soleil couchant; deux pendants.

Bordures dorées.

Toile. Haut. $0^m,51$. Larg. $0^m,42$.

BOURDON (Sébastien).

Montpellier, 1616. Paris, 1671.

284 — Rébecca à la fontaine; cinq personnages au premier plan, groupes, ruines et paysage dans le fond.

Très-belle esquisse du maître.

Bordure dorée.

Toile. Haut. $0^m,47$. Larg. $0^m,55$.

BRIL (Paul).

Elève de Mathieu, son frère, 1556-1626.

285 — Paysage boisé; une rivière serpente dans le lointain, deux femmes précédées de chèvres arrivent au premier plan.

Bordure en bois noir et doré.

Toile. Larg. 0^m,50. Haut. 0^m,43.

CASTIGLIONE (Giovanni Benedetto) dit le Grechetto.

Gênes, 1616. Mantoue, 1670.

286 — Bacchus assis sur un tonneau, près d'une cuve, joue de la flûte, à côté un homme et une jeune femme chantent; ils sont entourés de trois enfants, l'un joue du tambour de basque, l'autre grimpe le long de la cuve, et le troisième tient deux chiens en laisse.

Ce tableau authentique et d'une bonne couleur, est bien conservé.

Bordure en bois sculpté et doré.

Toile. Long. 0^m,64. Haut. 0^m,43.

CHARLET (D'après).

287 — Un soldat d'Égypte; quoique signée, cette peinture est la reproduction du tableau connu du maître.

Bordure dorée.

Toile. Haut. 0^m,50. Larg. 0^m,40.

COUTURE (Ecole de).

288 — Une jeune femme assise au pied d'une colonne brisée, joue du luth; une jeune fille debout, l'écoute en filant; fond de paysage.

Bordure en bois sculpté et doré.

Toile. Haut. 0^m,72. Larg. 0^m,54.

CRAYER (Gaspard de).

Elève de Coxcie, 1582-1669.

289 — La Charité, sous les traits d'une jeune femme, s'apprête à donner le sein à un jeune enfant qu'elle soutient.

Remarquable tableau digne de Rubens par sa composition et sa couleur.

Bordure Louis XIV en bois doré.

Toile. Haut. 0m,82. Long. 0m,64.

CUYP (Jacques, Guerrits).

Hollande, 1578-1649.

290 — Portrait de femme debout, en costume noir, la main droite repose sur un dossier de chaise, l'autre tient un mouchoir.

Riche bordure Louis XIV en bois doré.

Toile. Haut. 1m,05. Larg. 0m,75.

DAUBAN (Jules).

Directeur du Musée d'Angers.

291 — Bacchus et une bacchante couchés dans un paysage.

Ce tableau a été commandé pour faire pendant au tableau de Vien, n° 372.

Bordure dorée.

Toile. Larg. 0m,83. Haut. 0m,52.

DECAMPS (D'après).

292 — Deux chasseurs au marais, derrière un mur en ruine.
Bordure dorée.

Toile. Larg. 0m,40. Haut. 0m,32.

DENNER (D'après).

293 — Tête de vieille femme vue de face, les mains croisées; bonne reproduction du maître.
Bordure dorée.

Toile. Haut. 0m,55. Larg. 0m,45.

DESPORTES (François).

Champigneul, 1661. Paris, 1743.

294 — Nature morte, un vase chargé de fruits, posé sur une console.

Ce tableau, expertisé par M. George, a été acquis, comme original à la vente de M. Quelin, en 1851, sous le n° 184.

Cadre en bois doré.

Toile. Haut. 0m,57. Larg. 0m,48.

DETROY (François).

Toulouse, 1645. Paris, 1730.

295 — Portrait de la princesse de Conti, sujet allégorique.

La princesse assise dans un paysage, la coiffure mêlée de roseaux, soutient une urne renversée d'où s'échappe la source d'une rivière.

Ancienne bordure en bois doré.

Toile. Haut. 1m,25. Larg. 0m,95.

DOMINIQUIN (Zampieri dit le) (Attribué au).

296 — Sainte Elisabeth tenant un livre.

Ancien tableau d'un grand style, d'une grande vérité de couleur et conservé.

Riche bordure en bois doré.

Toile. Haut. 0m,82. Larg. 0m,62.

DOMINIQUIN (Ecole du).

297 — Une femme à demi vêtue, en proie à un violent désespoir, et les bras étendus, va se précipiter dans un fleuve; deux compagnes la suivent effrayées; fond de paysage.

Bordure dorée.

Toile. Haut. 0m,65. Larg. 0m,57.

DUGHET (Gaspard, dit Guaspre-Poussin).

Elève du Poussin, Rome, 1613-1675.

298 — Très beau paysage, avec fabriques et montagnes dans le lointain; sur le premier plan une route bordée de grands arbres.

Tableau remarquable par l'harmonie des tons.

Bordure Louis XIV en bois sculpté et doré.

Toile. Larg. 0m,82. Haut. 0m,41.

DUGHET (Ecole de).

299 — Paysage avec un cours d'eau et personnage.

Attique, avec bordure en bois.

Toile. Long. 1m,30. Haut. 0m,75.

DUNOUY.

300 — Paysage; site d'Italie.

Fabriques et montagnes boisées au fond, personnages et animaux au second plan; au premier, deux femmes à une fontaine, et grands arbres sur des rochers.

Tableau original et *signé*.

Bordure dorée.

Toile. Long. 0m,51. Haut. 0m,37.

ÉCOLE DE SIENNE (xive siècle).

301 — La Vierge portant l'enfant Jésus est entourée de quatre anges les mains jointes.

Peinture sur fond d'or avec têtes nimbées, d'un profond sentiment religieux et bien conservée.

Cadre architectural de l'époque; au fronton est figuré le Père éternel et le Saint-Esprit.

Bois. Larg. 0m,80. Haut. 1m,40.

ÉCOLE D'ITALIE.

302 — La sainte Vierge soulève un voile qui recouvrait l'enfant Jésus endormi ; saint Jean les mains jointes en contemplation.

Ce tableau, d'une charmante et gracieuse composition à laquelle on pourrait seulement reprocher un peu de manière, est l'œuvre originale d'un peintre de la fin du XVIe siècle ; il est en tout digne de supporter l'attribution d'un grand maître de l'époque, ce que nous n'avons osé faire.

Bordure Louis XIV sculptée et dorée.

Toile. Haut. 1[m]. Larg. 0[m],75.

ÉCOLE D'ITALIE.

303 — Saint Jean-Baptiste assis, porteur de la croix de roseau, avec l'agneau appuyé sur la jambe droite.

Peinture originale vigoureusement traitée.

Bordure en bois sculpté et doré.

Toile. Haut. 1[m],15. Larg. 0[m],94.

ÉCOLE D'ITALIE.

304 — Tête de jeune femme en buste et vue de face ; ses cheveux ornés de plumes rouges retombent sur ses épaules nues ; une draperie bleue recouvre son costume.

Ancienne peinture d'un bel aspect.

Bordure dorée.

Toile. Haut. 0[m],60. Larg. 0[m],47.

ÉCOLE D'ITALIE.

305 — Sainte Cécile tenant des instruments de musique.

Bordure en bois doré.

Toile. Haut. 1[m]. Larg. 0[m],75.

ÉCOLE D'ITALIE.

306 — Une petite tête de Vierge vue de profil.

Bordure dorée.

Toile. Haut. 0m,08. Larg. 0m,07.

ÉCOLE FLORENTINE.

307 — Jeune femme vue de trois quarts ; la tête ornée de fleurs est retournée par un mouvement coquet ; grandeur de nature.

Peinture originale d'un beau et puissant coloris.

Bordure ovale à fleurs, sculptée et dorée.

Toile. Haut. 0m,90. Larg. 0m,75.

ÉCOLE VÉNITIENNE.

308 — Jupiter et Sémelé.

Cette œuvre brille par la puissance de la couleur propre à cette école.

Bordure en bois doré.

Toile. Long. 1m,47. Larg. 0m,93.

ÉCOLE FRANÇAISE.

309 — Portrait d'une abbesse de Fontevrault, du XVIIe siècle, en buste et vue de face.

Bordure ovale de l'époque, en bois sculpté et doré.

Toile. Haut. 0m,73. Larg. 0m,59.

ÉCOLE FRANÇAISE.

310 — Portrait en buste d'une jeune dame de la cour de Louis XIV, vue de trois quarts et richement costumée.

Cadre ovale de l'époque de Louis XVI, avec couronne de feuillages en bois sculpté doré.

Toile. Haut. 0m,65. Larg. 0m,40.

ÉCOLE FRANÇAISE.

311 — Portrait de femme de l'époque de Louis XV, en buste et vue de trois quarts, couverte d'un manteau garni de fourrures.

Bordure dorée.

Toile. Haut. 0m,67. Larg. 0m,67.

ÉCOLE FRANÇAISE.

312 — Portrait de Louis XVIII en buste, habit en velours bleu.

Cadre ovale en bois sculpté et doré.

Toile. Haut. 0m,90. Larg. 0m,65.

ÉCOLE FRANÇAISE.

313 — Deux tableaux formant pendants; scènes d'intérieur.

L'un d'eux représente une jeune femme assise, lisant et écoutant un jeune homme également assis; l'autre, un jeune ménage jouant avec un enfant présenté à une croisée ouverte.

Fine et gracieuse peinture de l'époque de Louis XVI, mais avec des costumes plus anciens.

Bordure en bois sculpté et doré.

Bois. Larg. 0m,23. Haut. 0m,18.

ÉCOLE FRANÇAISE.

314 — Une paysage boisé avec cascade, ruines dans le fond, effet de soleil couchant.

Bordure dorée.

Toile. Larg. 0m,42. Haut. 0m,50.

ÉCOLE FRANÇAISE.

315 — Paysage; porte ruinée d'un vieux château.

Cadre ancien en bois sculpté et doré.

Toile. Haut. 0m,26. Larg. 0m,19.

FLORIS (Franck, dit Franc-Flore).

Anvers, 1520-1590.

316 — Sommeil de l'Amour ; composition bien entendue, avec sept personnages au premier plan.

Riche bordure florentine, sculptée à jour et dorée.

Bois. Long. 0m,65. Haut. 0m,50.

FRAGONARD (Nicolas).

Elève de Boucher, 1732, 1806.

317 — Jeune femme en buste, assise et lisant ; très belle esquisse originale.

Cadre en bois sculpté et doré.

Toile. Haut. 0m,40. Larg. 0m,30.

FRANCK (François, dit le Vieux).

Anvers, 1544, 1616.

318 — Le Christ en croix entre les deux larrons.

Composition importante de ce maître et en parfait état de conservation ; tableau authentique et *signé*.

Cadre très riche, en bois sculpté et doré.

Bois. Haut. 0m,50. Larg. 0m,32.

GÉRARD (François-Pascal-Simon).

Elève de Pajou, de Bienet, puis de David.

319 — Portrait en buste de Ducis, couvert d'un manteau garni de fourrures.

Ce beau portrait, du meilleur temps du maître, a été directement donné par l'auteur au père du possesseur actuel.

Bordure en bois doré.

Toile. Haut. 0m,64. Larg. 0m,54.

GREUZE (Ecole de).

320 — Scène familière ; cinq personnages boivent, attablés.

Bordure en bois sculpté et doré.

Toile. Haut. 0^m,52. Larg. 0^m,41.

GRIMOUX (Alexis).

Bomont (Suisse), première moitié du XVIIIe siècle.

321 — Beau portrait de jeune homme en buste, la tête tournée de trois quarts et couvert d'une cuirasse.

Bordure en bois doré.

Toile. Haut. 0^m,83. Larg. 0^m,65.

GUARDI (Francesco).

Elève et imitateur de Canaletti, Venise, 1712-1793.

322 — Un palais vénitien ; d'un côté une colonnade en ruine, scène de carnaval, un grand nombre de personnages couvre le terrain ; effet de neige.

Riche bordure sculptée et dorée.

Toile. Larg. 0^m,47. Haut. 0^m,35.

GUERCHIN (Francesco-Barbiéri, dit le) (Attribué au).

323 — Saint Jérôme assis et appuyé sur une table chargée d'un livre et d'une tête de mort, écoute la parole divine.

Peinture ancienne, ferme et d'un beau caractère.

Bordure en bois doré.

Toile. Long. 1^m,40. Haut. 1^m.

GUIDE (Reni-Guido, dit le) (Attribué au).

324 — La Madeleine vue à mi-corps, la poitrine découverte et les yeux levés au ciel.

Peinture ancienne d'un bon style et grassement rendue.

Cadre ovale de l'époque de Louis XIV, en bois sculpté et doré.

Toile. Haut. 0^m,80. Larg. 0^m,55.

GUIDE (Attribué au).

325 — Lucrèce, la poitrine découverte, se perce d'un poignard.

Ancienne peinture d'une belle expression et d'un coloris qui rappelle le maître.

Toile. Haut. 0m,68. Larg. 0m,63.

HONDEKŒTER (Melchior).

Utrecht, 1636-1699.

326 — Poules surprises par un renard ; fond de paysage.

Bonne peinture disposée en attique.

Bordure en bois.

Toile. Long. 1m,30. Haut. 0m,75.

HUYSMANS (Cornille, de Malines).

Elève de Van Artois, 1648-1727.

327 — Paysage ; au premier plan un rocher, groupe de personnages près d'une chaumière ; un village dans le lointain.

Tableau authentique et digne d'intérêt.

Bordure en bois sculpté et doré.

Toile. Long. 0m,60. Haut. 0m,45.

JEAURAT (Etienne).

328 — La chasse au rat ; composition de dix personnages, formant deux groupes ; au centre on distingue une femme fuyant effrayée, et une servante armée d'une broche à la poursuite du rat ; un vieillard, appuyé sur sa béquille, suit la scène.

Bordure en bois doré.

Toile. Larg. 0m,74. Haut. 0m,69.

JUGELET.

329 — Marine ; une tour en ruine sur des rochers ; falaises au second plan.

Riche bordure sculptée et dorée.

Toile. Long. 0m,53. Larg. 0m,34.

JUGELET.

330 — Marine ; barque de pêcheur en mer.

Bordure dorée.

Toile. Long. 0m,52. Haut. 0m,34.

JUGELET.

331 — Le retour de la pêche, groupe de quatre personnages et une femme à cheval.

Bordure dorée.

Carton. Long. 0m,39. Haut. 0m,28.

LACROIX (De).

Elève de Joseph Vernet.

332 — L'aurore, le midi, le coucher du soleil et la nuit ; quatre pendants ; tableaux authentiques.

Médaillons ovales en bois doré.

Toile. Haut. 0m,47. Larg. 0m,37.

LANCRET (Nicolas).

Peintre de genre, Paris, 1690, 1743.

333 — La marchande de fleurs, fond de paysage, tableau connu.

Bordure Louis XIV, en bois doré.

Toile. Haut. 0m,41. Larg. 0m,31.

LEBRUN (Ecole de).

334 — Apollon avec sa lyre apparaît aux neuf Muses.

Ce morceau, bien compris comme disposition de plafond, présente plusieurs portraits dans les groupes qui le composent.

Peinture large et originale.

Long. et larg. 3m,50.

LUINI (Bernardin) (Attribué à).

335 — La sainte Vierge tenant l'enfant Jésus.

Cette ancienne peinture, peut supporter l'attribution qui lui est donnée; elle a été hautement appréciée par les experts auxquels elle a été soumise, notamment, le colonel Bourgeois et M. Georges, ancien expert du Louvre.

Riche bordure à fronton en bois sculpté et doré.

Bois. Haut. 0m,54. Larg. 0m,44.

MARATTI (Carlo).

Elève d'Andrea Sacchi; 1625-1713.

336 — La Vierge assise porte l'enfant Jésus endormi sur son sein.

Cette peinture, incontestablement originale, grassement touchée, brille par son aspect lumineux.

Bordure Louis XIV, en bois sculpté et doré.

Toile. Haut. 0m,87. Larg. 0m,73.

MARATTI (Carlo).

337 — L'Assomption de la Vierge; un groupe d'anges l'élève au ciel; dans le fond et sur la terre, un groupe de saints personnages assistent à cette scène.

Tableau important et d'une belle conservation.

Riche bordure à reliefs en bois sculpté et doré.

Toile. Haut. 0m,65. Larg. 0m,53.

MARCELLIS (Othon).

Peintre hollandais, 1613, 1673.

338 — Nature morte; un panier renversé, légumes et chardons, sur fond de paysage.

Bonne peinture, disposée en attique.

Toile. Larg. 1m,30. Haut. 0m,75.

MEULEN (Antoine-François, Van der).

Elève de Snayers, 1634-1690.

339 — Deux paysages formant pendants.

L'un représente une vue de Montmartre, l'autre l'Observatoire de Paris; au premier plan de l'un une halte de chasseurs; le second offre un personnage assis jouant de la flûte près d'une femme qui l'écoute.

Ta' 'eaux importants, originaux et en bel état.

Bordure Louis XIV, en bois sculpté et doré.

Toile. Larg. 0m,81. Haut. 0m,65.

MIGNARD (Attribué à).

340 — Portrait de Louis XIV, à mi-corps et en cuirasse.

Peinture du temps.

Cadre ovale à fleurs, en bois richement sculpté et doré.

Toile. Haut. 0m,90 Larg. 0m,60.

MIGNARD (Genre de).

341 — Portrait du duc de Bourgogne, à mi-corps et en cuirasse.

Peinture ancienne.

Riche cadre ovale en bois sculpté et doré.

Toile. Haut. 0m,90. Larg. 0m,60.

MOL ou MOOL (Pierre Van).

Elève de Rubens, Anvers, 1580. Paris, 1650 [1].

342 — Les ouvrages de Van Mol, tiennent tout à la fois de Rubens et de Van Dyck, dont il était contemporain. Ses compositions sont d'un grand caractère, son dessin savant et prononcé, sa couleur forte, harmonieuse et fine. Cet habile

[1] Voir la Galerie des peintres hollandais et allemands, par *Lebrun*, éd. de 1792, Ier vol., pag. 20, le catalogue de la galerie Fesch, et le Trésor de la curiosité, par *Ch. Blanc*, Ier vol., pag. 131.

peintre peut être comparé aux deux maitres cités plus haut.

Le concours qu'il donna aux nombreux chefs-d'œuvre du prince de la peinture flamande, Rubens, fait que l'on ne connaît de lui que quatre tableaux principaux : 1° Une Charité romaine, sur bois, vendue du temps de Lebrun 300 louis à un comte de Spath; elle est passée depuis, à un prix bien supérieur, au marquis de Moncalme, de Toulouse. 2° Une toile dont le sujet nous échappe, qui fit autrefois partie du cabinet de M. Destouches, de Paris, achetée par l'Etat pour le musée du Louvre, où elle figure avec honneur. 3° Diogène cherchant un homme, provenant de la vente d'Holback, acheté par Lebrun 4,761 livres, acquis à sa vente en 1791 par M. Audry, d'Orléans, au prix de 5,948 livres, et en dernier lieu par M. le baron Rothschild pour 37,000 francs, croyons-nous; et enfin celui que nous allons décrire.

Mort de saint François d'assise.

Le saint, vu à mi-jambes, est assis sur une pierre ; sa main gauche repose sur une tête de mort; un ange soutient son bras droit et témoigne par ses larmes la part qu'il prend à ses souffrances; un autre ange lui présente le crucifix. Rien qui appartienne aux pensées de la terre ne se révèle dans l'expression du bienheureux mourant; c'est la plus parfaite image de l'homme de bien aux approches de la mort.

Placé autrefois dans le beau cabinet de M. Audry, à Orléans, ce tableau est cité par Lebrun, comme un morceau d'une grande beauté et d'une grande perfection ; et véritablement il ne le cède à aucun ouvrage des plus grands maitres par sa savante exécution, la force harmonieuse de sa couleur, la beauté de l'exécution et la puissance de l'effet.

Après la mort de M. Audry, il fut acquis par le cardinal Fesch; il figure au catalogue de sa vente, dressé en 1844 par M. Georges, au n° 155, 2e partie, et n'est sorti de cette célèbre galerie que pour enrichir celle qui nous occupe.

Riche bordure en bois sculpté et doré.

Toile. Larg. 1m,35. Haut. 1m,20.

MONOYER (François-Baptiste).

Lille, 1635. Londres, 1699.

343 — Un vase de fleurs ; roses, tulipes et coquelicots disposés et éclairés avec le talent qui distingue le maître.

Bordure Louis XIV en bois sculpté et doré.

Toile. Larg. 0m,81. Haut. 0m,65.

NATTIER (Jean-Marc).

Paris, 1685-1766.

344 — Portrait de Mme du Châtelet en riche costume, grandeur de nature.

Belle bordure Louis XIV, en bois sculpté et doré.

Toile. Haut. 0m,75. Larg. 0m,60.

NATOIRE (Charles).

Elève de Lemoine, Nimes, 1700-1777.

345 — Portrait de Marie Leckzinska, femme de Louis XV, assise, grandeur de nature.

Peinture du temps très bien traitée.

Bordure riche Louis XIV, avec fronton et deux écussons armoriés, surmontés de la couronne royale.

Toile. Haut. 0m,95. Larg. 0m,75.

NETSCHER (Gaspard).

Prague, 1636. La Haye, 1684.

346 — Un personnage de face et vêtu de noir, joue du violoncelle ; la droite du tableau est occupée par un faune antique sur un piédestal, à gauche un vase de cuivre ; fond de paysage boisé avec ruines.

Tableau fin et en bel état ; il rappelle les qualités des meilleurs maîtres hollandais dans ce genre.

Bordure Louis XIV, bois sculpté et doré.

Toile. Haut. 0m,83. Larg. 0m,55.

OMMEGANCK (Balthasar-Paul).

Anvers, 1655, 1826.

347 — Paysage. Un groupe de cinq moutons couchés au milieu d'un pâturage.

Bordure en bois doré.

Toile. Long. 0m,54. Larg. 0m,44.

OSTADE (Adrien Van) (D'après).

348 — Intérieur flamand.

Bordure dorée.

Bois. Long. 0m,25. Haut. 0m,20.

PARROCEL (Charles).

Paris, 1688, 1752.

349 — Une escarmouche de cavalerie.

Cadre en bois doré.

Toile. Haut. 0m,55. Larg. 0m,45.

PIPPI (Giulio, dit Jules Romain) (Ecole de).

350 — Episode du siége de Troie; Enée sauvant Anchise. Composition mouvementée et d'un beau dessin, quatre personnages principaux au premier plan.

Bordure plate dorée.

Toile. Long. 1m,90. Larg. 1m,50.

POEL (Egbert Van der).

Rotterdam, 1620-1690.

351 — Incendie d'un village; au premier plan les habitants fuient en désordre.

Peinture d'un bel effet.

Attique avec bordure en bois.

Toile. Long. 1m,30. Haut. 0m,75.

PORTER.

352 — Jésus et la femme adultère ; composition de neuf personnages.

Tableau original et conservé.

Bordure en bois sculpté et doré.

Bois. Long. $0^m,60$. Haut. $0^m,46$.

RIBERA (dit l'Espagnolet) (Attribué à).

353 — Le temps représenté par un vieillard tenant un sablier.

Cadre en bois doré, ovale à l'intérieur.

Toile. Larg. $0^m,59$. Haut. $0^m,43$.

RIBERA (Attribué à).

354 — Saint Jérôme en méditation, vu à mi-corps ; ancienne et vigoureuse peinture de l'école du maître.

Bordure en bois doré.

Toile. Haut. 1^m. Larg. $0^m,75$.

RIGAUD (Hyacinthe, dit le Van Dyck de la France).

1639-1743. Perpignan, 1663 - Paris, 1743.

355 — Beau portrait d'un grave personnage du temps, richement costumé et assis dans un fauteuil, grandeur de nature.

Cadre riche en bois sculpté et doré.

Toile. Haut. $1^m,30$. Larg. 1^m.

RIGAUD (Attribué à).

356 — Portrait de Louis XIV à mi-corps et en cuirasse.

Cette peinture provient du château d'Anet.

Riche bordure ovale à fleurs en bois sculpté et doré.

Toile. Haut. $0^m,95$. Larg. $0^m,70$.

RIGAUD (Ecole de).

357 — Portrait de la princesse de Conti.

Cadre ovale en bois sculpté et doré.

Toile. Haut. $0^m,50$. Larg. $0^m,42$.

ROMANELLI (Francesco).

Elève de P. de Cortone; Viterbe, 1617-1662.

358 — La Madeleine assise sur un rocher, lisant et méditant, fond de paysage.

Bordure en bois sculpté et doré.

Toile. Larg. 0m,51. Haut. 0m,47.

RUBENS (D'après).

359 — La tête de saint Jean-Baptiste, offerte à Hérodiade.

Un soldat a exécuté l'ordre d'Hérode; encore armé du glaive, il présente la tête du saint, sur le plat d'argent, à Hérodiade et à Salomé sa fille, qui toutes les deux le saisissent d'une main.

Ancien tableau, qui par la vigueur des figures et la richesse du coloris rappelle bien le maître ; on est porté à croire que cette peinture a dû recevoir un puissant concours.

Bordure en bois doré.

Toile. Haut. 1m,45. Larg. 1m,20.

SARRAZIN.

Peintre français du XVIIIe siècle.

360 — Attique. Un paysage; à gauche des rochers arides, à droite sur le premier plan de grands arbres laissent apercevoir l'horizon; au centre un arbre séculaire dont les racines sortent des rochers; une vache à l'abreuvoir et une femme assise sur un âne suivie d'animaux, forment une scène autour de l'arbre du milieu.

Très-belle bordure Louis XV, en bois sculpté et doré avec attributs.

Toile. Larg. 1m,05. Haut. 0m,75.

SEGHERS (Daniel).

Elève de Breughel de Velours; Anvers, 1600-1660.

361 — Un vase chargé de fleurs posé sur une tablette.

Bordure en bois doré.

Toile. Haut. 0m,59. Larg. 0m,50.

SCHŒVAERDTS.

Ce peintre flamand n'est cité par aucun historien.

362 — Paysage ; un palais au bord de la mer, sur la plage un marché avec une infinité de petites figures parfaitement distribuées et de la plus agréable fraîcheur de coloris.

Les ouvrages de ce maître ont la plus grande analogie avec les compositions de Michau, qui, comme lui, avait pris pour guide Breughel.

Bordure sculptée et dorée.

Toile. Long. $0^{m},58$. Larg. $0^{m},48$.

SUBLEYRAS (Paul).

Uzès, 1699. Rome, 1749.

363 — Portrait d'un cardinal en buste et vu de face.

Bordure Louis XIV en bois sculpté et doré.

Toile. Haut. $0^{m},72$. Larg. $0^{m},62$.

TITIEN (Tiziano Vecelli, dit le) (Attribué au).

Venise, 1477-1576.

364 — Le martyre de sainte Agathe.

La sainte est debout, les bras attachés derrière le dos et le haut du corps découvert ; le bourreau à genoux à ses pieds et armé des instruments à torture, s'apprête à lui arracher les seins ; deux personnages au second plan complètent cette composition, qui pour la beauté du dessin rappelle les plus belles toiles de Titien.

Peinture originale, réellement digne de l'attribution qui lui est donnée.

Bordure en bois doré.

Toile. Haut. $1^{m},55$. Larg. $1^{m},22$.

TITIEN (D'après le).

365 — Danaé couchée, couverte d'une légère draperie, reçoit la pluie d'or; un Amour assiste à la scène.

Ancienne reproduction, ingénieusement modifiée, du tableau du maître ; peinture d'un bel aspect et d'une grande morbidesse de chairs.

Bordure en bois doré.

Toile. Larg. 1m,52. Haut. 1m,23.

TREVISANI (François).

Élève de Zanchi, 1636-1746.

366 — La sainte Vierge soulève un voile qui couvrait l'enfant Jésus, saint Jean baise les mains du divin enfant; trois anges, jouant de divers instruments, concourent à la gracieuse composition de ce tableau.

Bordure italienne en bois doré.

Toile. Haut. 0m,74. Larg. 0m,60.

VANLOO (Carle) (Attribué à).

367 — L'astronomie sous les traits d'une jeune femme, les seins découverts, appuyée sur un globe et la tête levée vers le ciel.

Bordure ovale en bois doré.

Toile. Haut. 0m,80. Larg. 0m,57.

VANNUCHI (Andrea del Sarto) (D'après).

368 — Une sainte famille avec saint Jean qui présente le globe à l'enfant Jésus ; ancienne copie.

Bordure en bois doré.

Bois. Haut. 1m,05. Larg. 0m,75.

VERNET (Joseph) (Genre de).

369 — Paysage avec monuments ; trois personnages, deux assis sur le bord d'un bassin et une femme debout, vue de dos.

Médaillon ovale Louis XV en bois sculpté et peint blanc et bleu, fleurs rechampies.

Toile. Haut. 0m,75. Larg. 0m,68.

VERNET (Joseph) (Ecole de).

370 — Un paysage avec personnages, rochers et cascade, un tronc d'arbre au premier plan, plus loin une ferme.

Peinture hardie et très-ferme.

Bordure en bois sculpté et doré.

Toile. Haut. 0m,70. Larg. 0m,58.

VERNET (Horace) (Attribué à).

371 — Jeune femme, vue de trois quarts, la tête ceinte d'un ruban.

Derrière cette toile on lit : *donné par Vernet à Verri son élève, Paris* 1825. Cette tête se trouve reproduite dans le tableau du maître, l'Adoration des mages.

Ancienne bordure en chêne sculpté et doré.

Toile. Haut. 0m,22. Larg. 0m,17.

VIEN (Joseph-Marie).

Né à Montpellier, 1617, 1809.

372 — Une bacchante avec deux enfants, couchée dans un paysage, composition dans le genre de Boucher.

Bordure dorée, pendant du tableau de M. Dauban, nº 291.

Toile. Larg. 0m,83. Haut. 0m,52.

WAEL (Luas de).

Elève de Breughel de Velours, Anvers, 1591-1676.

373 — Groupe de bergères sur la lisière d'une forêt; l'une d'elle couronnée de fleurs dépose une couronne sur la tête d'une de ses compagnes agenouillée ; des groupes de personsonnages et des animaux occupent les plans du fond, qui laissent en centre apercevoir un village.

Peinture originale et *signée.*

Bordure riche, Louis XIV, en bois sculpté et doré.

Toile. Long. 0m,75. Haut. 0m,64.

ÉCOLE ITALIENNE.

374 — Sépia : La mort de la Madeleine, assistée par deux anges. Beau et remarquable ancien dessin de l'école. Cadre avec un nœud de rubans en bois sculpté et doré.

Haut. $0^m,27$. Larg. $0^m,25$.

375 — Plusieurs tableaux, dessins, gravures et trois charmants vitraux, n'ont pu être compris dans ce catalogue ; ils seront vendus et divisés sous ce numéro.

III. BIBLIOTHÈQUE.

376 — Le temps nous a manqué pour dresser la notice de près de six cents volumes de bons ouvrages, tous d'éditions de choix et dans des conditions exceptionnelles de reliure.

Nous citerons au hasard l'Art de vérifier les dates, in-f°, pleine reliure en maroquin ; Le Moyen âge et la Renaissance, in-4° ; L'Encyclopédie moderne, publiée par Didot ; la traduction française de Vasari, sur les peintres italiens et autres ouvrages sur les beaux arts.

Parmi les polygraphes, les œuvres de Lafontaine, de Voltaire, de J.-J. Rousseau, de Chateaubriant, de Ségur, de Barante, de Lamartine, de Walter-Scott, etc.

Plusieurs ouvrages historiques, notamment les Mémoires

de Saint-Simon ; Souvenirs de Mme de Créqui ; Tallemand des Réaux et quantité de bons livres de sciences et de littérature française.

La vente de la bibliothèque suivra immédiatement celle des tableaux.

RED. :

19

www.ingramcontent.com/pod-product-compliance
Ingram Content Group UK Ltd.
Pitfield, Milton Keynes, MK11 3LW, UK
UKHW022120260726
13993UKWH00003B/1130